AF137460

Une banale histoire d'amour du temps jadis

Roman fuyant (*)

(*) ou '*escapista*', c'est selon.

Miguel S. Ruiz

Une banale histoire d'amour du temps jadis

© Miguel S. Ruiz 2022
Édition : BoD – Books on Demand,
info@bod.fr
Impression : BoD – Books on Demand, In
de Tarpen 42, Norderstedt (Allemagne)
Impression à la demande
ISBN : 978-2-3223-9339-8
Dépôt légal : mai 2022

A tout le monde en particulier –
et à personne en général

Mon attention s'était fixée sur les phrases plus ou moins partielles qui, en pleine solitude, à l'approche du sommeil (*), deviennent perceptibles pour l'esprit sans qu'il soit possible de leur découvrir une détermination préalable. Ces phrases, remarquablement imagées et d'une syntaxe parfaitement correcte, m'étaient apparues comme des éléments poétiques de premier ordre.

(André Breton, « Les pas perdus»)

(*) En ce qui concerne l'auteur… au réveil.

Chapitre I
Jeunes vieillards et vieux enfants (détergents de l'âme)

Un beau matin de Saturne, je m'étais oublié – puis retrouvé avec cette jolie licorne venue me pousser du col dans la ronde... Comme quoi on n'accuse pas un pack d'eau bénite sans risque majeur ! Dansant les plus beaux tangos du monde, j'avais aussi réussi à scanner mon mari un instant. Cet homme qui semblait à première vue sympathique, pensiez-vous vraiment qu'il allait se charger des comptes ?... Non, et vous êtes prévenus : certains ne sont plus obligés de partir en exil – à la chasse aux *Revers Indigos*. De toute façon, le plus petit des maîtres du Grand Orient a depuis invité un complément d'informations (qui n'apporte plus rien de nouveau). C'est toujours la même histoire – depuis Adam, Ève et l'arrivée de la *PlayStation*... Et surtout, personne n'a dorénavant plus hâte que Margot dégrafe son corsage ! Car le mode d'emploi pourri porte plainte contre Gustave Flaubert, entre autres pour tapage nocturne (mais pas que) – et ceci afin de surmonter sa peur de l'avion.

Mais revenons vite à la poule violette qui fut choisie par la maison Guerlain pour incarner le Grand Schtroumpf chantant (celui du village andalou perdu dans la Sierra). Or il se trouve que celle-ci m'en veut… Alors quoi, ça ne vous dit rien non plus tout ça ?!? Rocambole, lui, tout bougonnant, se révoltera forcément, encore et toujours – sur un meuble bizarre. Quant à Jimmy, poussé par le démon du sophisme, il éprouvera le besoin d'être un parfait filou (dans tous les domaines et sens du possible). Résultat : aussi ardue que soit la tâche, ils innoveront et oseront des œuvres qui en imposeront à nous tous –

l'Alouette-qu'on-prise et le facteur Cheval compris.

Irréellement diaphane, un boule-
dogue frémissant cajole le *profi-
ler*, celui qui ne se trompe jamais
de cible. Tout à coup il échange
sa plus belle chemise – celle qu'il
mettait tous les dimanches en
rêvant – contre une lune de miel
(superbe certes mais quand même
un peu à côté de la plaque). Mis
sous cloche, le chien abscons de
'La Grange' – ZZ Top est son
père – jette de l'huile bouillante
sur l'infini dynamique. Mon dieu,
que c'est beau ! Alors qu'il pen-
sait que plus aucun espoir ne leur
serait permis, un chanteur oublié
envoya une déclaration de haine

enflammée à cet extraordinaire coucher de soleil qui chaque soir emplissait nos cœurs d'amertume. Depuis, nous descendons la rue en chantant, un drapeau rouge dans les poches parce que c'est bien plus joli comme ça.

Pendant ce temps, un mongol chauffagiste a mis l'amour au pied du mur sans que quiconque ne puisse intervenir. Son double tourne une pub mérovingienne pour V.G. Destin – oui celui que l'on peut encore rencontrer, déniaisé, au bar du Louxor ! C'est sans motivation particulière que, du mercredi au vendredi, une secrétaire de direction repère, elle, – cachés à l'abri d'un bosquet

– trois cent vingt litres de rouge. Afin d'oublier que sa femme s'est enfuie avec son meilleur ennemi, elle agite ses petites pattes dans toutes les directions. De fait cet ancien expert-comptable – fourbe certes, mais aussi séduisant téléphone portable – cherche à épater la galerie des Glaces. De plus il vaticine à tout va pendant mon émission favorite, étalant tout son savoir… Eh bien, par conséquent, j'irai nuitamment piétiner ses *Chamallows* grillés – pour mieux philosopher et fondre loin de tout !

Dieu, architecte polymorphe qui s'échoue à la crème, a mis un kilt. Les pleureuses écolos, esseulées, continuent de briquer leurs 4X4, tandis qu'Alain bâche Jung… Et tout ça à cause du chien de la voisine : Ousmane ! Et c'est bien pour cela que Marcel Campion sirote inconsciemment une orangeade et bat en neige la fille du patron... Tout ça pour surmonter sa peur bleue de la belle émigrée de Cadix ! Quant à Frida la Blonde atomique, elle s'extasie sur Marisol Touraine, bel animal assassiné par le Vert Galant – un soir de mai 1976 (à Glasgow). Jean Cocteau – grillon du foyer peureux que tous recommandent de manger sans vergogne – a eu lui un jour l'idée de s'exiler au Canada, ce que Fifi ne fit finalement pas. Tout là-bas, il & elle auraient pourtant pu devenir de mélancoliques rêveurs taciturnes, et enfourcher chaque matin quelques chapeaux horizontaux. Avec insolence.

Un dimanche d'automne estival, la nature – dans tous ses états – faisait sa mijaurée. « - Il me faudrait d'autres chaussures que ces sandales mitoyeeeeennes... ». « - Ah oui, et pourquoi pas aussi invoquer la folie contagieuse du chic citoyen !?! », lui rétorqua la grincheuse Providence – (rien à dire, c'était bien vu !)... Dans la foulée, Pythagore et ses deux Reblochons – l'infini et le nez dans le guidon – se firent greffer le syndicat du crime sur la poitrine. Un bon point pour Hong-Kong et Maitre Eckart, lequel couve du regard l'ombre de son lapin triomphant. Sa girafe, elle, erre avec un chien transversal légèrement neuneu. Perché sur ses hauts talons – c'est toujours la même chose quand on prend la nature pour ce qu'elle n'est pas –, le svelte professeur de sciences physiques chante lui *La Traviata,* tout en secouant énergiquement l'épais Damoclès… Essayez donc d'y faire quelque chose ! Au final : spasmophile mais toujours partant pour la gaudriole, le chartreux de Parme a bien la truie jaune dans la peau (celle qui fut vidée par Johannes Gutenberg, le premier *startuper* de l'Histoire).

A force d'attendre toutes ces mères ingrates, je ne geins plus donc que sans conviction. Et fatalement Samuel Beckett va encore et toujours retenir ses flatulences – théâtral cassoulet –, pour ne les rationaliser que bien plus tard... Près d'un croque-mort bâillonné qui en pince pour vos orteils. En conséquence de quoi, C. Darwin remettra furtivement en marche un cornet à glaces avec deux boules bien sarcastiques (genre parfum rhum-goudron)… A califourchon sur un lave-linge, Arielle Dombasle et JPP en rigolent déjà !

Enfin seul, le gros téton décida d'engloutir l'aliment circonstancié de l'adorable Ali (celui qui ment). Puis, malade comme un chien, il parvint – avec difficulté – à souffler sur l'inspecteur aux yeux en pied-de-biche. Et sur la mémoire vive du frêne (celle qui se trouve sur le lecteur de cadavres). Pour preuve : les sandales à Manosque, les socquettes en titane et ce dialogue : « Josépha, quand on me parle de tramontane, je sors mon revolver… Trois fois que tu passes ton permis, les examinateurs n'en avaient peut-être pas assez d'entendre éternuer tous les nains !?!... Bref, ton attitude est consternante et inadmissible ; et il ne te reste plus qu'à appeler la S.P.A. de Berne : là-bas certains mormons n'y ont pas pris une ride »… Eh bien voilà, comme je vous l'ai toujours dit : drôle de vie que celle de Jules Grévy ! Il ne peut dormir que plié en deux, en chienlit de fusil… Après tout, peut-être qu'il faudrait le faire adopter par un collabo, ancien homme d'honneur du cimetière de Passy. Qui sait ?

Pitoyable et violent ton sourire diaphane d'aristocrate !! Et ton regard bleu horizon, pas beau à voir… Il accuse lâchement le Grand Meaulnes et ses bretelles. Et Michel Denisot remonte celles du monstre du Loch Ness passé au karcher ; dans le TGV ils danseront tous deux – les deux Michel – verticalement. Jadis, un animal mythique doué pour le nationalisme s'était pourtant préparé à faire la traversée de l'Atlantique – plan d'eau récupéré depuis peu par un cirque. La mandoline copia alors une cornemuse prétentieuse... Et pour finir : un gros pompier éteint stupéfia le frère en terre cuite de Xi'an. En même temps, mille deux cent Laurent Wauquiez, charismatiques et classieux à souhait, se préparaient à assassiner le chasseur rondouillard (celui qui ne sait plus respirer), alors… Alors, je n'y comprends goutte !

Mais ceci dit, Ibrahim, et pour finir, n'ayons crainte : finalement ils s'avoueront tous battus lorsque surgira Aline la militante – celle qui pleure pour qu'il (Laurent) revienne aux Universités d'Eté. CQFD.

Lorsque – *plötzlich* – : « La gazinière bouffie a mis le grappin sur un Martin Heidegger mal à l'aise !!! » - « Pas de honte à cela, quand bien même môôôôssssieur aurait honte de devenir chauffeur-livreur dans une chanson de Joe Dassin ! »… Eh oui Emile Jaco-tey, cette maîtresse de maison incroyablement imaginative aime à guincher et provoquer les quatre souris tombées dans son whisky.

Le gnome de l'espace Cardin est lui certes parti fanfaronner – quoique bien timidement –, il est de fait habillé comme feu Claude Chabrol (Faure pour les intimes). Et il compte gratter les croûtes de Lydie Bastien et d'Alof de Wignacourt à la sortie de l'autoroute… N'ébruitez surtout pas l'info ! Car Alice et les 8 Scaroles lorgnent avec convoitise l'assiette de leurs voisines, lesquelles contiennent un ami d'enfance surgi du hasard. Alors, outré(e), Le Castor de Beauvoir les rappellera toutes à l'ordre, via la loi du 14 (29 ?) juillet 1881. Le risque à courir sera donc cette réaction en chaîne : le prépuce d'en face et une bonne partie de la population qui pendent langoureusement, sacrément fiers de pouvoir monter les escaliers quatre à quatre (sans avoir jamais lu une seule fois la notice). Et au bout du compte un air suffocant laissera présager ce final sombre : enfin, enfin, enfin, les jeux qui commencent !

Chapitre II

Tourlourous et pots de chagrin, dès potron-minet

« Les gourous apocalyptiques de chez Ikea, il faudrait les asperger de syndromes... Qu'ils retournent donc passer leur BEPC dans la cité lacustre, ces Minou Drouet du climat ! » - « Ok, plus besoin d'eux, on trouvera toujours des catacombes de sagesse au péage de Saint-Arnoult... » Sur ce, la jolie truande métisse (Anna, la pire des piranhas) porta plainte contre l'inconnu avachi du Nord-Express – pour tapage nocturne.

La pauvre, c'était juste Michel Houellebecq au bal musette... Alors, un Garcimore ventripotent prit en stop Mr. Hulot, ses longues dents flirtant avec le Grand Vizir orange (celui qui – via le phylloxéra et le mildiou – répandait avec fougue son fiel sur la banquise). Tandis qu'il rêvait d'une existence moins spatiale, le général Yagüe (*remember* Badajoz ?) perdit lui son pantalon et se retrouva dans un état d'apesanteur extrême, planant au-dessus des pièces de théâtre. Sur la Gran Via apparut alors la Reine des Neiges – elle était née ce matin même et embrassait déjà avec fougue une voiture ivre (mais) morte. Cette dernière avait déjà esquissé les huit grandes lignes de son projet, estomaquée de constater que ses écrits sortaient condamnés, d'un seul jet. Il faut dire qu'elle avait longtemps potassé 'La Sirène du Mississippi'… « Voilà de quoi boucler une trilogie sur un plongeoir – avec la voisine timorée du dessus ! » se dit-elle. Bref, laissées pour compte, les caries du bois de Beaumont pourront bientôt souffler sur les braises du malaise. C'est un risque à prendre…

Heureusement, à la mi-temps, un touche-touche bougon et son lasso dessalé solutionneront les problèmes résolus (Ouais, ben c'est ça ou rien !)… « Toutes les culottes de peau bavaroises escaladeront un chien ! » crie l'adolescent boutonneux à l'ambassadeur du Japon (faut dire que nous sommes bloqués entre deux stations…). Un vieillard veillant à ne pas réveiller les bas instincts du surveillant de l'EHPAD, a lui renversé son assiette de tourtes bolognaises (via le coup de gueule des abonnés de Canal). Protégeons donc ce qu'il a de beau – mais aussi la hargne avec laquelle son litron s'exprime. Pendant ce temps, l'oreille rose et ennuyeuse s'est fait greffer une cuvette ; et depuis elle est partie se faire les dents avec (et contre) trente-sept

Montesquieu anxieux. Alors des métathéories pas toujours très inspirées restent là, habillées comme des as de pique ; car leurs chats – qui se sont gazéifiés – ne leur reviendront jamais… Ils étaient d'un bleu pâle, semblable au ciel d'Afrique – oui, celui de ce bon saint Eloi, lequel a tout inventé fors l'école du crime.

Or, parce qu'un porte-manteau formidable (mais un peu tarte) a pour habitude de dealer son pain chez Lénine & McCarthy, Louis XIV le boutonneux se love contre le gardien du demi-sommeil. Un chien de la Mer Rouge marche sur Josiane Balasko. Puis, au lieu de consulter un bon psy – Sibeth

Ndiaye la roublarde par exemple –, ils composent à deux une chanson à propos d'un voyou synthétique. D'après les tortues hémiplégiques de la lesbienne (anarchiste), islamistes et adeptes de la Foire du Trône ne seraient pas Macron-compatibles. Mes livres préférés acceptent donc difficilement de se soumettre à l'autorité, dénonçant les veules candidats de l'Eurovision et 4 des incompétences de leurs 6 femmes. Bref, tout cela pour dire que le bilan de Carbone et Spirito n'est pas si mauvais – surtout en région PACA (mais pas que)… Et donc : encore une défaite pour E. Saccomano et ses prétentions littéraires !

Les donneurs de leçons – qui ont eux-mêmes beaucoup à apprendre sur les méandres menant à l'Alcazar – devraient comprendre que leur attitude engendre l'envie de penser par les pieds. Faut-il qu'ils soient sots, ces cuistres de la Cinquième Colonne ! De plus, un spectre aux amibes aidé du vampire casse-noisettes tisse des liens ténus avec la sous-préfecture du Pas-de-Calais… Et tout ça, ça donne le marché aux épices – soit trois mille litres de bonheur équivalant à un regard appuyé ! Après, un pompiste en fin de droits mange les Compagnons de la Chanson. Et – catastrophe inattendue ! – Jack Nicholson et son papillon libidineux deviennent, à leur insu, complices de tout… On vous avait prévenus.

Reflux gastriques et esprit de lucre se retrouvent dans les sourires mesquins du technicien vert. Tout ça pour que coquilles et élytres sous cellophanes miment de lubriques effusions – sous l'œil d'un *trader* volage. Les cinquante femmes qui comptent le plus profitent de leur pause-café pour cancaner, tandis que de pecca-mineux Républicains Indépen-dants caressent la vache, celle qui miaule… Et tout ça, encore à cause du glorieux tournevis et de ces quelques Apéricubes au goût exotique ! Comment un ordinateur dystopique pourrait se coucher sur le papier peint en pleine St-Patrick (17 mars) ?!? Puis, noir de sueur, mettre sur la paille les marmailles nues ?!... Bon, après tout et au final : pourquoi pas ?

Un hôtelier – à quatre pattes sur ses gencives – brisait net l'élan du Pérou, malgré un des services en porcelaine de la reine. Et pendant ce temps, sous la banquette, le divin boucanier bleu couinait de suaves mélopées (oui c'est vrai, seulement lorsque le coq n'était pas pile d'équerre, mais quand même…). L'avare mais gâteuse Louise Bourgoin se faisait elle les dents, sur un(e) punk rempli(e) de larmes. Puis, à perte de vue, elle engloutissait le gardien de but – tout cela afin de bien retrouver le sommeil, et l'âge pivot fluet. Pour tromper l'ennui, un milliardaire dépressif buvait la mer chez une amie qui lui était chère (c'était Léonie). Paul Ricœur, après une sévère crise d'urémie, lui avait écrit : « Rêvez-vous des moutons électriques – et de leurs yeux qui n'osent se/vous déclarer ? ».

Les bons fruits amers de l'été se sont emberlificotés dans la moustiquaire... Et puisque je ne suis pas née femme, c'est bien que je le suis devenue – à force de m'enivrer et de combler vos trop-pleins ! A partir de maintenant, les méduses et le babouin libraire seront comptables de l'innocence du boulanger. Et, si l'on excepte les mystères de l'Ouest, les angoisses particulières seront réservées aux ribaudes, rivières incluses. Ainsi, les frères Durruti danseront avec leur coiffeur, soutenus qu'ils seront par des syndicats de toute obédience. Mais, c'est un piège : à la Cité Universitaire, le plus âgé d'entre eux essuiera une rafale fatale (venue d'on ne sait où).

Quoique plus qu'heureux, Alain Souchon ne peut voir en peinture les pâles chroniques de Merleau-Ponty... La concierge en tongs s'est donc éclipsée, au travers de l'ombre de leur chaud lapin roux.

Le serre-tête et le tourteau imposent eux leur logique in extremis, au pied du Mont Thabor. Puis, sans vergogne, les deux plus le poissonnier psychédélique enjambent la couleur de mes enfants. De fiers voyous, le regard vide, mettent alors en vente la laide laie chatoyante réservée à leur descendance. Puis, refusant de perdre espoir, ils s'enferment dans la bulle de Diam's. Oui, oui, celle du festival d'Avignon, de l'antipape et de son astre violet (quoique maudit).

Dubitatif devant sa récente découverte, un colibri de gauche mit une annonce pour obtenir quelques opinions inexpertes. Alors le touareg vert émeraude rangea son pitbull dans un bac à légumes et improvisa des ouvrages grands comme des mouflons… Mais il se montra finalement bien peu disert, alléguant qu'il faudrait avoir recours à Mitsubishi – et surtout à Mitterrand, le Roi des Rois. Car l'infini semi-remarquable le clame : dans les ronces, mon oncle et Jacques Higelin sortent en tenue de travail, avec une horloge accorte. 40 siècles nous contemplent, sales vipères du département ! Le blaireau d'à côté, lui, va manger les verres de terre avec la soubrette malgache... Et donc, question : installés au sommet de la Grande Pyramide, éliront-ils enfin les 2 saucissons que lorgnaient nos huit grands-parents ? Et, d'autre part, sur le billot du gouverneur rien ne sert d'ignorer la jeunesse et ses sept verrues-mensonges si sympathiques… Sans parler du fait que shamans dépressifs et râteaux têtus prêtent bien souvent à confusion. D'où, encore, LA question : meurtre ou nouvelle religion ?

Trois capitaines qui passaient par la Lorraine découvrirent avec stupeur, couchés sur un lit d'orties, les tambours noir ébène du cœur battant. Ils déclinèrent alors treize petits bréviaires à la Aimé Césaire : tam-tam suave et pseudo-logique trop longtemps boudinée (car pas assez vache). Pour ce qui est des Tontons Flingueurs, comme le veut la tradition ils ont pris (et mis) la main sur l'idiot ju-teux ; *und jetzt* ils dansent avec Jolly Jumper. Quelques LOLz et MDRz bien gras fusent alors : aujourd'hui le cheval et demain la haute mer – on reconnaît bien là les morves d'azur, la bave d'éter-nité et le veau-qu'a-bu-l'air aux contours de leurs jupes ! Enfin et toujours, six vieux 78 tours trahis par la marée – Von Stroheim, le joli clown (au) Chocolat et Arthur Schopenhauer – continuent d'en-tretenir une relation houleuse… Ouiiiiiiiiiiiiiiiiiiiiii, c'est ça : avec le terrible Argentier Lumineux –

celui de la calle Camacua (Montevideo, Uruguay) !

Chapitre III
Le mouvement pourrissant des neiges de demain

« Conjugaison terrible du sang et de cette tarte aux pommes sous les oreillers de vent ! » hurlait le *Gauleiter* hérétique. « Certes, certes, mais faut-il aussi poster les affres de l'intelligence aux environs de la cravate ? » pensais-je par-devers moi. « Oui, j'avouerai que je me suis un peu assoupi mais maintenant, allez-vous enfin tout remettre à niveau ?!? Las, j'étais en effet parti péché – mais, si vous avez assez de discernement, les charrues devraient sentir mauvais à nouveau... J'aimais tant celles qui avaient enfanté un ténia et quatre salamis »... Telle fut la dernière réplique de l'impétrant mis sur la sellette. Le tout petit cordonnier qui voulait bien aller danser emprunta alors les arrière-pensées de la douleur. Et, tandis qu'il s'acharnait à vouloir les délacer, une charmante ondine à l'allure altière, courant après son bus, lui ordonna de faire tout le repassage et de bien nettoyer ses barquettes. Tant pis pour lui, car après tout : croyait-il vraiment en réchapper ??

Au pays des peluches, les bon-bons sont doux et forts en gueule à la fois : ils assaillent *sine die* un

Bruno Carette pleurant toutes les larmes de son cor. A côté de ça, un beau vieillard en slip kangourou met en examen la douleur du temps, puis se fait vacciner contre l'iguane, le sable émouvant et leurs amants. Cependant, quand dans ma vie il faisait froid, une moustiquaire sur le retour avait osé arrêter belle-maman en short. Pourquoi ? Parce que celle-ci était courte sur pattes et bien décidée à briguer un énième mandat. Sur ce, un boxeur teuton mis KO au cinquième round vint démissionner de ses postes de directeur général – afin d'avoir un peu plus de temps pour observer Lily Rose Depp (au fait, elle fait un peu 'bionique', non ?). Maintenant il & elle gesticulent en tous sens, dans le dernier des métros dispendieux... Bref mon conseil serait donc : venez vite (et le plus tôt sera le mieux).

Allergique au gluten, Angela Davis fonce chez Gertrude Stein. Son problème c'est qu'un ado boutonneux, client d'HSBC et putschiste à ses heures, veut dérober tous les pots de Nutella de la famille Mandryka (Nikita en est son fleuron). Arriviste notoire mais s'étant habitué à faire le ménage chez les autres, un marin sénile naviguant à contre-courant restait pourtant là, incapable de reconnaître ses 223 torts. Et puis après, il se mettait à énerver les *Horse Guards* déjà atteints de la danse de Saint-Guy… Trop fort ! Mais embêtant tout de même car, dans un scénario criant de vérité, ça sent le cuir et l'Afrique. Et comme en plus je ne puis assumer mon bilan (de) carbone 14… Bref et par conséquent, j'exige quelqu'indulgences, plus les murs qui ont mis au tapis le prince qu'on sort. À propos, celui-là, pourquoi donc l'a-t-on fait tel ?!? – pourrait penser la vile piétaille... Eh bien *because* dans tout le Grand Nord, Dieu – en petite tenue ou en *smoking* – sent bon le sable chaud !!!

Un premier de la classe s'était fait connaître du monde entier en inventant la part effervescente de lui-même... Malheureusement il n'avait pas prévu toute cette laideur ignorée par le débutant de l'amour à trois – celui qui s'est emmêlé les pinceaux avec Jacob, le Rabbi ravi de la crèche. « Il faudra bien nettoyer le lavabo de la génitrice bourrue », explique la mère Dolto (F.) à Felipe Pétain. « Pour que l'étoile filante grimpe en haut du sapin et entame une virée folâtre dans la forêt... Et histoire de respirer un bon coup avant le terme de cette Collaboration ! », finira-t-elle aussi par admettre... Alors, il va vous falloir choisir : ce sera soit nonante fusées à Machecoul, soit Razibus

Zouzou aux 7 Champs-Aiguisés !
Ou alors, au pire : la tendresse de
la *Wehrmacht* sur cette corde à
linge… Laquelle, de toute façon,
a toujours été accompagnée par la
reine de l'à-peu-près.

Gros-Dada(*ism*) est mort. C'est
pour ça que le Pr. Choron fouette
les vaches grises et la marmotte
profonde – celles qui aiment dormir avec l'orgue-asthme des co-
cus soucieux. Carrément soupe au
lait, Anthony Delon assaille aussi
Audrey Tautou, elle-même pour-
suivie par un bouseux de la pire
espèce : c'est Stanley Kubrick
sombrant, en plein questionne-
ment existentiel. Car quand on
puise ses métaphores littéraires

dans certaines vies quotidiennes, il faut s'attendre à ce que les heures soient incrémentées par vingt-et-une musiciennes. Alors qu'en fait – après enquête poussée – c'est juste La Maintenon pleine aux as qui dévalise sept plaques de dégoût tombées à la renverse. Or donc, quelques adeptes de la médi(t)ation transcendantale – on n'a jamais su pourquoi – aiment eux marcher en scandales. Légèrement vêtus, ces gens simples et soudés croquent les reines-rennes du fin Père Noël, dans les régions comptables de tout et de rien… Euh, vous avez dit « Rites ancestraux » ?!? Vous n'avez peut-être pas tort.

Un groupe de touristes chinois racistes – rats malheureux n'arrêtant pas de penser à la fouine bouffie de Nankin – saute à pieds joints sur un Antoine de Caunes tout penaud (mais enchanté quand même). En vue d'atterrir chez Mobutu Sese Seko et le Prince du morbide, Louis la Brocante sort alors de ses sentiers abattus et commence à se sustenter, sevrant ainsi Pascal – Blaise (Ok, ok, ok, c'était pour de rire…). Pendant ce temps, le chat du rabbin et de l'imam joli avaient découvert la grotte de Lascaux, alors qu'ils suivaient les conseils d'un hérisson irrité (ils s'étaient invités chez lui). Pour ce qui est d'Ulysse

& d'Alice, ils étaient tous deux tombés amoureux de Julia, laquelle souillait pourtant le lait de ses excrétions… «'Spiss di counasse, tu ne perds rien pour attendre ! » dirent-ils alors, en cœur et tout de go. Le long du triste canal Saint-Martin, imperturbable, Philippe Katerine continuait d'avoir, lui, d'étranges sources d'inspiration : 1) Cousteau, 2) son bonnet rouge, 3) un mérou et 4) deux scaphandres (« Et son frère chéri Pierre-Antoine, hein alors ?! », pourrait-on se demander…).

Le soleil vert de Claire Brétécher remonte les bretelles de trois oranges de Jaffa, puis d'un coup s'esclaffe en regardant passer

Michel Onfray au plat pays vert de Candy... C'est toujours ça de pris ! Car le fait est que, un jour de 1624, le comte Berthold avait caressé nerveusement un clone de Karl Marx encore en pyjama sous la douche. Ils étaient éclairés par une lampe libidineuse à l'air niais. On entendit alors au loin : « Tout dooouuuux, Yannick Noah pense que rien ne vaut le Prince des ténèbres »… Dès que la *news* fut ébruitée, Daktari (l'empereur pas rancunier) décida d'entamer un flamenco endiablé avec Raymond Lulle... Et voilà, on vous l'avait bien dit, mais c'est confirmé : la droite française est pour toujours la plus bête du monde !! Alors certes : « Nénesse cité fait loi », va-t-on se dire... Mais la colonne des réfugiés de la route (sinueuse) Malaga/Alméria, c'était une simple virée en boîte peut-être ?!!?? Nonobstant, y'a bien dû y'avoir des fuites – et le lapin idoine est à coup sûr transgenre !

Dans ce vaudeville sentimental où les portent claquent, l'homme qui avait la faculté (innée ET acquise) de se dédoubler, se retrouva un jour enfermé dans la cuisine (au fond du couloir après le désert). Depuis on a fini par se lasser de lui. Résultat : maintenant nous ne pouvons plus reculer devant toutes ces amantes qui se réinventent… A leur décharge, il faut dire que la mode des licornes – utilisées pour tout et n'importe quoi – avait souvent constitué une terrible faute de goût. Alors qu'au départ, lorsque dans une soirée on entend une mouche voler, il suffit juste de s'agenouiller... Ou alors heurter de plein fouet un quidam (par exemple – tiens ! – au croisement des rues de Picpus et Rodrigo de Triana). Bref, en tout cas ce qui est sûr c'est que le crapaud de Mr. Coquelin-Cadet et l'adjudant-chef bleu azur prennent en stop une paire de fesses raisonnables (pourtant nées de l'avant-dernière pluie). Et qu'à la vue de Zabou Breitman cachant sous son lit une bouteille (qui parle comme Raymond Barre), le taxi repérable à son nez a tout de suite eu envie de les kidnapper. Les deux en même temps.

Lassé des clowneries d'un animateur radio, D'Artagnan envoya valser sa prostate vers l'au-delà – précisément ici, à l'endroit où un Djinn serré draguait une lanceuse d'alerte senteur mimosa… « Oui mes bretelles sont toutes irisées – et alors, où est le problème ?? », argua-t-il alors à bout de souffle. Les violonistes virtuels, remplissant le verre de leurs convives, étaient en cela aidé par un petit malin pas si futé que ça. Et ce fut là leur perte : pendant ce temps des rongeurs musqués en état de décomposition avaient pris des cours d'autodéfense, tout près du bouquet de muguet… Et Voltaire, bien maigrichon, sauvait fissa de la noyade un Jean Ziegler tout mignon, et 19 *coconuts* vides ! Ça se passait au bord du fleuve, des larmes amères et de tout ce qui en découle. Il s'ensuivit alors qu'un amoureux de la langue française, ne sachant plus qui adorer, rallia finalement un sous-fifre soufi tout neuf. Alcoolisé jusqu'à la moelle, il décida alors de s'immoler sous les roulettes d'un bus à impériale. (Au fait, nous étions là ce soir, cherchant deux charmeurs de serpentins qui se seraient auto-hypnotisé…)

Maints fans d'Elvis Presley traquent les promotions. En VRP émérites, ils réussissent à vendre les Sept Nains et leurs couteaux sans glands… Mais aussi toutes mes décorations *post-it* – qui avaient à dessein été jetées aux oubliettes. Faisant paraître sur la toile son journal intime, une adolescente porta donc à sa *mother* un pot de beurre – et les 666 horribles masques mortuaires d'un cycliste pharaon. Soit à l'arrivée, comme prévu : Sid V. qui devient Denise F., et Héloïse Gaston G.… C'est bien, mais par contre : comment peut-on après tout cela confondre la femme à barbe avec Mme Alliot-Marie ?!?

Et une moniale en mal d'enfants n'aurait-elle pas fait toutes les démarches possibles pour pouvoir adopter les huit muses d'une des cinquante fourmilières de Boko Haram ? Pour cela elle aurait tout simplement pu revendiquer, pour elle : a) une hygiène mentale des plus irréprochables, b) vos pyramides inversées et c) les studios *Sun* de Memphis… A bon entendeur, salut – et qu'on se le tienne pour dit.

Chapitre IV

Ironie mordante sur un banc de poissons (Et en plus Domenech ressemble un peu à Michel Fugain !)

Les Trissotins béats de la rue de Penthièvre, comptables lugubres freinés par une blennorragie, se révèlent être les pousse-au-crime de leurs renvois – si, si… Alors, consentement implicite de deux naseaux muets (et de leur agonie) ou nuages roses Gestapo ? Quoi qu'il en soit, on a bien eu affaire à un mirage concret. Que je vous explique : Muriel et son moujik, dans leur propre fournaise gelée, misaient tout sur les jupons de la mariée mise au pas… A califourchon sur le monde, leur ironie risquait de filtrer des boulevards – sans parler de la belle grenadine ! Prostrés sur une chandelle, le psychiatre et ses amis agitaient théière et wagonnet de manière équivoque. Pourquoi ? Parce que l'orthodoxie du vide peine à remplacer le couteau des girafes... Et la tendresse des marcassins ! C'est clair ?!?

Une truite jaunâtre qui prenait le frais à genoux se demandait le temps qu'elle pourrait encore tenir avant que son mal ne la terrasse.

Gentil Jean Nohain – taillé dans un cure-dent – lui apporta trente remèdes à base concrète de lave et d'immodestie. Elle les avala de bon cœur, mais mal lui en prit : c'était la *Soupe aux Canards* de Karl Marx. « Joli petit lézard pourpre mais quelconque, peux-tu m'indiquer la route du désert ? » entendit-on alors, au loin… Eh bien, figurez-vous que je me suis depuis régalé à la vue du volant et du skaï capitonné que ce dernier me proposait, nu. Et ma réaction-réponse fut sans appel : « Tu me reconnaîtras dorénavant à mon allure altière, fils du rasoir ! »

Souvent Marion Cotillard, visage en lame de couteau, passe au karcher le dernier des Mohicans. Pour convenance personnelle certes, mais sans doute aussi dans un but plus précis. Sigismond Freud, afin de clouer le bec au peuple d'Emily Jung, avait lui pris l'habitude de sortir de son chapeau un ours rouge bien juteux. Faut dire qu'autour de Jeffrey Lee Pierce, il avait toujours préconisé de jouer le *Catenaccio* ! Dès lors, réalisant qu'il avait épuisé tout son forfait, l'adulescent dont on parle se mit à regretter d'avoir acheté un bréviaire sur *Amazon* (c'était celui d'un prêtre défroqué par contumace). Mais voilà, au final on s'en moque un peu : quand nous serons intimes vingt mille lieu(e)s sous les mères, l'Index des géants lancera enfin la pêche aux ne(r)-veux ! Et dix-huit girafons totalement partis – *for instance* ceux de Jacques Mesrine – iront alors forcément rejoindre l'idiot du village gluant, sur l'Olympe (NB : ça vaut aussi bien pour ledit village que pour l'idiot susmentionné). Stanley Kubrick et Germain Nouveau mettront alors le grappin sur un virus boulevardier, pressés qu'ils seront par des choses assez commerciales – certes amicales mais couvertes de sang. Et Miou-Miou (sur les remparts crénelés de Varsovie) prendra en filature un oiseau de malheur roulé dans la farine. Conclusion : elle a bien de la chance de vivre dans le(s) Marais (Pontins) !

Oui monarques surgis de nulle part, j'ai bien assassiné le singe pourri ! Et tout ça pour passer à *Vidéo Gag*, composer une ritournelle et accuser quelques Inuits bringuebalants de… désinformation ! Henri (& Olivier) Poupon, eux couinaient et se plaignaient, comme d'habitude, de n'arriver à rien... « Pauvres idiots, faites-vous sapajous classiques et vous l'obtiendrez votre moyenne au bac ! » (Voilà, c'est dit). Pendant ce temps, la folie du mutin de la Mer Noire – aidée par celle du boucher d'Albacete – était, toujours, bel et bien visible sous les dés à coudre. Conséquence : les coursives de mon âme n'apporteront rien au bonheur des huîtres. Et puisque les trouvères du CAC 40 dégustent les circuits analogiques d'un destin peu miséricordieux, je boirai tout le brouillard de la prothèse élevée au rang de monument historique. Ensuite il faut bien sûr s'attendre à ce que Natalie Portman réagisse vite et – sans prétention aucune – qu'elle se mette à comparer Gilles Deleuze à un Go(u)dot bi. La pauvre gourde et Marc Machin tenteront alors de coiffer le fleuve Yves St-Laurent… Alors il ne nous restera plus qu'à hurler : « Non, non, par pitié, ça recommence !!! »

Les hyperactifs Oswaldo et Roberto Piazza traitent Woody Woodpecker et l'Honnête Ron Wood comme des chiens. Celui des Baskerville se contente lui de mettre en bouteille les Harley Davidson dévergondées du Comté. Voilà des hommes (Oswaldo surtout) qui n'avaient été sérieux qu'une seule fois dans leur vie, et qui maintenant, à l'aise dans leur karma, semblaient ravis de gravir les marches menant aux Sansciel ! Artémis, sentant alors le chocolat fondre, s'agrippa fermement à un champignon idiot, mou du genou et laid comme un pou. Leur triste sort vous fait-il toujours envie ? A vous de voir mais il n'en reste pas moins qu'un curé de ca(o)mpagne ayant aussi jeté son méat aux orties, tous – moi y compris – nous partîmes dans une rage folle. D'autant plus que nous nous étions aperçus d'une chose concernant Saint Christophe – le chanteur & journaliste D. Bevilacqua, ex-Barbier de Séville... Enivré par le rhum, celui-ci s'était emparé d'une planche à voile repassée à l'envers – qui se trouvait être celle de l'épouse angoissée de sa meilleure amie ! Pour couronner le tout, Michel-Ange s'était mis, lui, à escalader une pomme – dans les bras de cette même cerise du Groupe-à-Mama (Béa Tékielski). Et voilà, ni une ni deux : énervés, la cerise, une mule, la pomme et un dauphin qui passait par là se mirent alors en tête de former un couple (!) pour – tous bien ensemble – tirer puis remonter les bretelles d'un des vingt-sept déménageurs complotistes accourus à la rescousse… Tout cela se passait à Guadalajara, il y a bien longtemps (février ou mars 1937 ? – well, à vous de vérifier).

Mon fin voisin ? Son autoritaire dulcinée l'a transformé en cueillette des olives, d'un coup de baguette 'Tradition' (celle à 1 euro 25). Donc je m'insurge une fois de plus… Quoique… Je sais bien qu'il n'est jamais facile de distinguer les vertes des noires, surtout quand elles sont toutes à genoux ! Nonobstant, c'est confirmé : un Barbe Bleue des temps modernes cherche bien un meublé avec vue sur un charlatan de la pire espèce, *por ejemplo* le marionnettiste de ma femme. Et s'il en trouve un, nous serons irrémédiablement et pour toujours transformés en pantins mal dévissés… Alors plus de mystères quant à ceux qui tirent les ficelles et gèrent les melons ! En conséquence, tout est clair à nouveau : de célèbres couturiers imbus d'eux-mêmes pointeront le bout de leur nez. Et forcément, la coucherie avec Pinocchio ne laissera pas seulement de la sciure un peu partout : le lit à baldaquin s'avèrera lui aussi trop dur et bien peu sympathique ! Dès lors, cher Jacques, il ne vous restera plus qu'à aller vous changer les idées – ces idées qui ne sont, presque toutes, que des escouades d'escargots affamés.

Une fois que vous serez cousus, imaginez donc un monde sans dieux, sans icônes et sans lapins venus d'Ys... Alors vous verrez sûrement la bouillotte pleine de noyaux de cerises, celle qui fit de la machine à histoires tournant à vide un *best-seller*. Dès que mon vaisseau se sera posé sur un pépin de raisin – il y aura quelques cent milliards de milliers d'années –

j'épouserai une chaise ; et *para siempre* Sid Vicious et Jean Lecanuet seront les meilleurs amis du monde... Alors, vous tous, les Roberto Benigni à dragonne, vous voyez bien que cette vie peut être belle près d'Issoudun ! Certes, on m'objectera que la pluie inerte en couche-culotte a écrit « Charmant lol » un peu partout… Mais de là à cuire Woody Guthrie et siroter seul dix-huit cognacs… À cause de – grâce à – toi peut-être ?!?

Afin de faire rire les oiseaux, des framboises à la Roger Moore s'ébrouent contre la jolie Angelina Merkel (celle qui s'évertue à répondre aux questions que personne ne se pose). Les délicieux phantasmes du passé venant eux souvent nous abrutir de coups-sentences, vont-ils enfin se décider à aller voir un des voisins du dessus, par exemple celui qui s'est scarifié (ou sacrifié ?). Beau parleur controuvé à ses heures perdues, Captain Cap – pour peu que son compagnon ait terminé ses stages chez Pôle emploi – envoya alors un message à la vache sacrée, celle-là même qui, amorphe, reluquait les sept plaies d'Egypte (ouf !). On parle bien sûr de Jonathann – LE Jonathann qui l'a juré sur son cœur et qui a donné de belles œuvres-resucées, à toutes celles qui resteraient indignes du taon qui passe. Ce même

Jon. Dav. qui, afin de voler de ses propres ailes et dans l'espoir de gagner au loto, admit un jour avoir vouvoyé quelques plantureuses ballerines… « Pas la peine de pleurer sournoisement, maintenant ! » lui hurla la sagesse populaire de Gray-la-Ville. L'actrice aux poches trouées sortit alors de son chapeau une grange exquise et votre ombre agrandie. Méfiez-vous ou réjouissez-vous en, le fait est que ça s'est passé dans la rue en biais.

Madame la fée, voilà que me revient ce rêve récurant, mais qui me laisse toujours sale : une Nouredine Morano poilue tortille des fesses… Et, décapités, d'anciens condamnés se moquent d'elle ! (Il faut dire que moi, simple laveur de carreaux, je n'avais jamais pu les supporter, elle et son frère…) Mais attendez, *waiiit*, le pire c'est qu'après, quand je me réveille, je leur fais les yeux doux ! Aux deux !!! Se prenant les pieds dans le tapis, le bois inconstant comprime alors Jack Lang, lequel crie famine, enveloppé dans un sac de riz… Un sac de riz qu'on retrouvera plus tard sur le dos du vieux beau (l'amant faraud de Christine Ockrent). Pendant ce temps-là, le souverain poussif et la gazinière grotesque fusillent quinze Judith Therpauve (du regard) et un seul Francisco Ferrer (pour de vrai) –

décodant ainsi les pintades extra-terrestres de Montjuïc. Quant au petit vélo de Mathieu Valbuena, lui seul peut tancer les gencives d'un Vladimir Jankélévitch azéri ; tandis qu'un chauffeur d'origine roumaine monte dans son char et entame une lutte sans merci avec la paix. Finalement, en tout ce beau p'tit monde on reconnaîtra un incertain Pio Marmaï, bambin certes kafkaïen en diable – mais aussi très avenant (c'est ça qui est le plus triste !). Et dès lors, le verdict tombera, dru : « Pauvre cabot redondant, tu n'y peux plus rien, si ce n'est… acquiescer au 4-4-2 d'un dieu violacé ! »

Chapitre V

Il faut tendre l'arc maudit, à plat ventre sur une fenêtre morale

Les loups frileux ont la solitude honteuse. Et que dire du *clergy-man* et de la cousine au tibia vermoulu, celle du bar-tabac où prie Andy Warhol(a)… Consultant sa boule de cristal, Madame Z. m'aperçut draguant le Dalaï de Serge Lama. Ses épouses étoilées, que toute manie interloque, enfourchèrent alors leurs valises – et en voiture Mme Simone du Bavoir ! Certes cette dernière a péché, au vu de ce morceau de yak qu'elle a sur le menton !!... Nez-en-moins : Tequila Sunrise *para everybody* ! Or oui, c'est vrai, c'est vrai, tous ces flamands roses qui ornent les chaussettes exhibées sur le port d'Amsterdam risquent d'effaroucher les mouettes velues… Mais bon, elles préfèreront toujours les uniformes aux capitaines de corvette. Conclusion : Internet recommence à me les briser menues... Et je m'en vais de ce pas abandonner ma sœur et Robert Le Vigan (mais non, pas Delphine !). Sur ces entrefaites, la prof de maths au beau visage ingrat traita Nestor Burma de fat pignouf. Ne serait-ce pas parce qu'Otto Klemperer et Ringo Starr ont mis en examen la menue femelle gecko nue ?...

Nuit au bal musette : Sandrine Kiberlain caresse nerveusement une jarre agacée qui s'est pris les pieds dans le tapis perçant. Par Odin, Thor et Allah, ça c'est bien le fait d'un(e ?) fakir(e ?) au petit pied ! Un poltron propre sur (et sous) lui et s'amusant à combattre l'hydre des assureurs rassurants, la bergère, elle, soutint *mordicus* une jolie mule malingre (par le verbe… et sur un escabeau laid !). Elle fit que l'un des participants du conclave décrète qu'ils feraient tous mieux d'aller jouer sur le ponton des âmes... Bien envoyé, Marlène ! En tout cas, avant de se marier, notre fiancé volage devra forcément (se) farcir treize sosies d'Elton Jones et de Brian John – mais en plus sveltes. Puis, faisant enfin c'qui lui plaît plaît plaît, il pourra alors s'extasier sur le catalogue de la Déroute… Et au vu de tous, téléporter quatre midinettes issues de la Porte de Clignancourt (mais *sine die* renvoyées du Marché Malik).

Bref, dans un futur plus proche qu'on ne le croit, les gens de peu boiront de la pluie raisonnable… Surtout Mireille & Daniel Darc (qui, soit dit en passant, se trouvent souvent à bord de l'Orient-Express). Grandes fans de l'été à venir mais un peu contristées par cinq câbles USB clairsemés ici et là, voici venues les nouilles du rappeur infidèle (celui-là même qui franchement nous les casse)... De l'automne au printemps, elles taillent des haies avec la grand-mère de sa femme – la vieille qui tricotait des écharpes à la mi-temps de certains solos de basse. Pourtant, dans certaines contrées reculées, nous avions bien hurlé ''Ni Dieu ni maître'' à Alexandre 1er. Comme prévu et parce que les trois points tatoués sur nos phalanges ordonnaient aux loups de ne plus jamais se séparer (à moins qu'ils ne rencontrent trois buses comptables de leurs sept erreurs), Joseph Joanovici et Sœur Sourire, ne voyant rien venir, se mirent à tâtonner – au vu du cochonnet qui vient d'apprendre qu'il n'est pas le père de tout. Jésus C. – comme un symbole de sa gentillesse et de son incompétence – leur apportait un soutien inconditionnel.

L'air chaud venu du Sud part du commissariat pour payer la vaine caution – celle qui doit délivrer tout le haut d'un phare breton… Et on en est sûr maintenant : c'en est bien fini de ce monde sans dogmes auquel nous aspirions ! Voilà le topo : un panchen-lama bien éméché a été vu, hier, dans son plus simple appareil dentaire, dix-neuf vaches pondant des œufs (là, tout près) sur un pack ébréché de Cristaline… Eh oui les fesses sont têtues, madame Nathalie St-Cricq. Et *todos los* Balkany n'en pensent pas moins ! Patrick Topaloff a lui coiffé Ben Hur sur le poteau, « les doigts dans le nez » se vante-t-il encore… Conséquences : Robert Doisneau et Nicéphore Niepce en profitent pour étreindre Johnny Rotten – lequel n'en mène pas large. Et une Louise de Vilmorin pitoyable couvre de baisers l'alcoolique anonyme, afin de re-rembourser tous ses emprunts russes. Ces mêmes emprunts qui marchent tous d'un pas décidé vers un loufiat à la Friedrich Nietzsche (sa moustache gonflable et son faux air martial ne trompant pourtant déjà plus personne).

« La meilleure façon de parvenir à atteindre ses objectifs c'est de rester droit, droit et fier de ses ent(r)ailles »… « *Natürlich*, tout comme un gentillet restaurateur Navajo peut facilement se servir de la poudre d'escampette, coincé sous les capotes d'une chaise à porteurs ! », réplique notre menu (i.e. : maigrelet) philopathe. Bon, faut voir… L'autre reprit : « Si tu savais, Stanislas, comme parfois je me sens las, un peu comme un paysagiste qui se sentirait dépérir... Entendre tous les soirs les accords de septième diminuée de faux rois de Pologne – sans parler de tous ces autres couacs dont je te fais grâce. Par exemple un solo rabâché par Mark D. S. Choufleur – mais pas que ! »… Quand on sait en plus que Sidonie conduit une voiture ferme des hanches, son coing bleu reniflant – de haut en bas – la lune effarée… Et que dans le paradis blanc tout canard ignifugé se coiffe d'une queue de porc séduisante !!! « Et pourquoi donc ? » se lamente à son tour la pythie de l'Elysée. Alors, notre Président – *in petto* : « Mais parce que le générateur violet de Mr. Van de Graaff voyage de nuit – et en plus avec l'ex-maman de ce géant de Peter Hammill !!! »

Un fin matelot à court d'idées se faisait un sang d'ancre, à propos de cinq péripatéticiennes moldaves. Centime après centimètre, il se rongeait les peaux (mortes à la suite d'un dégât des os). Et tout ça pour pouvoir leur offrir, d'ici une quinzaine d'années, un vieux de la vieille à qui on ne la fait plus… Alors, d'un coup, voyant arriver une soubrette sur sa savonnette, l'animal nouveau expectora puis éructa bruyamment. Que voulez-vous, celle-ci n'avait jamais pu s'empêcher d'atterrir sur le tarmac de l'existence… Simone Veil – au lieu de consulter un avocat – mit alors Jeanne d'Arc et Romain en bouteille. Tout ça parce qu'elle

(Simone ou Jeanne ?) pratiquait le naturisme avec Christophe Alévêque et… Simone Weil – celle-là même qui lui avait toujours fait de l'ombre !

Le chauffeur qui a des puces câline Clark Gable dans l'espoir de gagner au Loto – c'est un idiot utile qui s'évertue à danser la rumba de l'amour tendre. Trois mille agents de police – messieurs Propre à la couleur indéfinissable – imbriquent eux paninis, vers minables et chaussures à glands (trop élaborées pour être honnêtes). Ce sont les premiers de cordée, ceux qui ruissellent sur un Alain Finkielkraut scrogneugneu. Entretemps Djemila a envoyé valser notre poste vers l'au-delà – ce qui pourrait rattraper la bourde originelle. Et la plupart de ceux qui ont traversé le miroir vous le diront – dira ??? – : il va dorénavant falloir scanner des tonnes de papier kraft (oui, de celui qui fait broyer du noir). Mais *happily*, il restera encore et toujours *some* nouvelles radicales solutions/fantômes – en chemisettes brunes... Moyennant quoi, après – sous les tilleuls –, nous pourrons toujours continuer d'appréhender la vie, tous ensemble... C'est comme ça – c'est le prix à payer.

L'excès de laurier dans le steak, c'est excellent pour faire sursauter les cuisiniers du Bourget. Car,

en traitant ces malheureux de ver-
rues, on arrivera bien vite à prou-
ver que grand-père et ses cata-
plasmes ne sont pas la cause des
MST qui accablent mon séraphin.
Bien fait pour lui puisqu'il ne vit
que de rapines ! Parallèlement,
Marguerite (Victor ?... Non, y'a
deux « t » !) tente de kidnapper
Olivia Ruiz pour la consomma-
tion personnelle du célèbre marin
bourru. Avec comme unique perspective le même train-train habi-
tuel, c'est-à-dire : une orange pu-
riste qui bat en neige l'hippopo-
tame triomphant (celui qui boit
l'infini au lieu de consulter un
psy)… Bref, c'est un peu la honte
pour les amateurs de Slade et de

la salade César.

Kiki de Montparnasse et Bibi-la-Purée sont à court de tout, ils rafistolent comme ils peuvent des scarabées rythmés… Le temps serait-il donc venu de remettre un pull-over de tweed vert ? Eh bien si c'est le cas, je vous dénoncerai volontiers au 1, place des Petits-Pères !!!!! Comme toujours et à jamais, l'avant-dernier des Mohicans – propre sur lui comme les quartiers nord de Marseille – téléphonera alors à une passoire hypothétique. Et, n'apportant pourtant strictement rien à l'enquête, le maître du chantier du Grand Paris l'invitera à venir débattre sur toutes les chaînes du groupe

Bolloré… Bon, c'est toujours ça de pris.

En prenant sa douche, le FC Nantes de Coco Suaudeau se dispute toujours avec l'As de pique. Les deux aimeraient tant passer une nuit avec Sophie et le Mime Marceau… Et avec Marion C, la pintade anonyme perpétuellement en colère ! La chauve-souris hésitante, celle qui aimait un parapluie, opta finalement pour ladite Marion – une ex-danseuse à la Marius Petipa – et pour treize histoires qui ne mènent à rien (pas même à crier sur le bon grain de l'ivresse). Ecoutez-la maintenant, on voit bien qu'elle n'a jamais ni repassé ni descendu le gin de sa gamine balourde ! Cette dernière, toute seule dans une pièce, avait jadis entraperçu une forme floue mi-homme mi-diable – Paul en ski ? Cabu ?? –, laquelle forme 1) lui avait vite ordonné d'exhiber – devant tout le monde – les miettes de gâteau éparpillées sur un tapis plaintif, et 2) lui avait lancé de mordorés et menaçants : « Au revoâââââârrr ».

À bord de son Vélib', Saint-Ex' adorait se faire manucurer par l'indigent Sandiniste bleu… Le ménage n'était pourtant pas fait dans leur chambre ! Et en plus il était rémunéré juste au-dessus du SMIC… Par conséquent soyons sérieux : la télévision ne pourra dorénavant plus se regarder qu'en *replay*, au Vel' d'Hiv' ou ailleurs. Plus tard peut-être – un vil matin de rognures d'ongles –, elle viendra annoncer son départ. Et alors, comme je n'ai jamais vu la mer et que ma *mother* est une comptable kabyle soumise à la loi des reins, votre pire amie (: Justine L.) pourra enfin amener Ur baguenauder dans les pâturages. (Well, vous y croyez, vous ?)

Chapitre VI

60 60 842

(Depuis qu'il pleut des nains sur Ramatuelle, je me réveille dans mes rêves)

Nu comme un ver sous son *Perfecto*, Frank N. Furter pense que rien ne vaut un peu de confiture sur les robes de mariée de Gaston d'Orléans. Badin, il finira par accuser Claude Guéant – le pauvre est en pleine remise en question et n'a plus trop la Santé (enfin, façon de parler)... Quant au lapin lapon il poussera un petit volcan dans le vide puis y mettra

dedans du jus rempli de larmes –
et ses dernières baskets *Nike*. Va
donc et ne t'inquiète pas, belle
écuyère à l'âme contondante, la
maman des poissons leur confec-
tionne souvent cravates et autres
cols pelle à tarte !… Au final, elle
s'extasiera devant leurs queues
qui frétillent – joyeux appendices
par où sont conviées mantilles et
cornues. Et l'homme qui avait
l'étonnante faculté de se dédoubler se retrouvera un jour au fond
du désert et au bord de la noyade.
Après avoir accouché de vingt-
deux musiques, il s'auto-sidérera
d'un simple pot de fleurs. Gérard
& Edouard Philip(p)e, après trois
voyages dans l'espace-temps, s'y

vautrent de nouveau – encore et toujours. Avec délectation ?

Le Saigneur de nos ânons se pâme devant un sandwich des Îles du même nom. Puis, toujours plus bas du front(ispice), il fonce sur la RN52… Destin pitoyable – mais quel délicieux carnage ! Sur ce, pour arrondir ses fins de mois, Socrate avale un punk, bravant ainsi la loi de Rodin, Mœbius et Gauguin... *My god* Michel, c'est encore Camille Claudel qui va se plaindre ! Et pourtant, abasourdie devant une copie parfaite de ses portraits de l'abbé Sieyès, une commissaire-priseuse se cherche encore devant l'homme à Serbes, celui qui se rit de tout. Voilà bien pourquoi j'exige une vodka et le petit cheval bleu de Franz Marc, à cette gourde de Carla B. ! (Nous sommes certes courageux mais pas téméraires...) Plus loin une famille en or se fait greffer de la colère, et un Ivan Lendl un peu soupe au lait jette un regard nostalgique sur les Quatre Barbus tous tirés à quatre épingles (sauf Fred Mella et Omar Scie). Quant au père – n'ayant toujours pas fini de cuver son vin –, il conviendra qu'il monte deux vieux chevaux sur le retour et qu'il enveloppe, avec beaucoup de minutie, sept grimoires aux feuillets jaunis. Et pour finir, il faudra aussi te mettre en danger, mon chou !

Marie-Thérèse Urdillo (?-1778) et G. Bernanos ont brisé tous les phallus tendres. Il faut vous dire qu'une légumineuse en direct du golfe Persique se tenait à leurs côtés, en simple tenue d'Eve. Or la tequila sans *Google* – bave et glue obscurcies par les nuages – avait aussi mis au pas un Tonton Macoute séduisant... C'est encore la faute à Vauvenargues : comme d'habitude il s'échine à soudoyer Brett, Laurent & Anne Sinclair ! Les Gilets Jaunes Freddy Krieger et Robby Krueger, eux, s'exhibent sans aucune vergogne – soutenus qu'ils sont par une Simone Signoret-Kaminker casquée d'or mais semi-remarquable. Quant à

Cap'tain Igloo, il nous/te paraît toujours un peu niais, affublé de sa chapka. Il faut dire que de tout temps les histoires de succubes l'avaient fait frémir – sans pourtant avoir jamais laisser passer un seul fat révolutionnaire en lui !! *Al dente,* elles continuent néanmoins d'enfler certaines chevilles communardes, celles des pleutres passés au communautarisme (par exemple R. Rigault ou Adolphe Thiers, mais pas Eugène Pottier ni C. Delescluze...).

La grande parade de l'emballage sans âme rencontre le chevalier qui allume la lune (à Bath, Surrey). Résultat : cafards rythmiques et une boîte à musique critiquent violemment les nonnes de Liverpool – quoi qu'en pense leur manager honteux. Tout à coup, Josiane Balasko prit nuitamment des cours de banjo. Alors le *Thin White Duke* – en fait David Jones mort de rire – se mit à tirer sur un Spinoza hors de contrôle car au bout du rouleau (son histoire avec Héraclite venait de se terminer). Fallait s'y attendre, mais quand même... Bref, une grenouille se prélassant sur son cric préféré s'ébroua alors énergiquement et aspergea un *Waffen-SS* qui passait par là. Elle comptait (sur) ses ouailles mais malheureusement on apercevait déjà, au loin, un tête-à-tête romanesque à souhait –

de ceux dont un petit géant était involontairement devenu le héros (un héros redevable de tout).

Le vieux Gilet-maillot Jaune du cycliste au regard louche disperse aux quatre vents mon beau sapin grassouillet. Quant aux Portugais, se sentant coupables à l'approche du centenaire de la conquête de Badajoz, ils mangent de moins en moins. Et à cause de tous ces jolis toits de chaume, Julian Cope porte plainte contre Martin Hirsch (et le Chanoine Kir). Or, on sait depuis que, du haut de son micro-perchoir, il se pavane – nu, en rythme… Et le pire, c'est que tout cela est parfaitement justifié ! Mais attention, épilogue : ce bijou antique qui plaisait tant à Romane B. était en fait étendu sur un lit à balles d'Aquin, un bloc de glace entre les jambes et sur la tête. Il entortillait, dans ses yeux torves, un poète amoureux d'une étoile nerveuse… Et donc, conclusion finale : c'est bien là un hommage à tous les ruminants qui veulent nous faire la peau !

Bobby Ewing bombe le torse et, éthéré sous son *bomber*, bombe le mur. Pourtant ne vous y trompez pas : il est jaloux du gorille mou qui fait hurler de plaisir l'Inspecteur Gadget. Dans la savane, un éléphant aux oreilles ridiculement petites était pourtant parti pour une journée de foire d'empoigne, espérant ainsi rattraper mes *club sandwichs* et une anguille stérile. Et même – via les condiments – contrôler les *Mater Dolorosa* du confinement, à savoir : la Karine Lacombe, Ian Curtis, Pierre & Gilles (de Gênes), Ivan Rioufol, Jimmy Page-Dean… et Marion Maréchal-Nous-Voilà. Sinon à part ça, chaque misère et/ou idée (bien) reçue constitue un affluent ou un confluent de ma superbe logique fleuve… « Et pourquoi donc celaaaaaaaaa ?? » Eh bien, parce que tant que dure la beauté du potage, un crapaud fourmille d'éléments binaires !!! Et que le sicaire, parti acheter des cigarettes, n'était pas revenu (la perspective d'un énième nouvel ordre mondial, qui sait ?). Il faut dire qu'en dehors de son foyer il entretenait une relation coupable avec G. Gallimard et ses *Fender Telecaster* (récemment, il leur avait rasé tous les sourcils)... Bon alors, vous me croyez, vous tous pauvres Keith Richards à la redresse ?!?

Marcel Proust et Tito Puente, en sueur comme dans les romans russes, se sont mis en colocation avec une espèce de cacochyme groin raciste… Enfin ! Ni une ni deux, et sans consulter le mode d'emploi, Iggy Pop et James N. Osterberg passent au karcher la Souris teigneuse et Déglinguée :

elle vomissait dix-sept Groucho Marx morbides (Harpo et Chico étant *out* pour cette fois-là). Plus encore : au n° 3bis de la rue Amédée Cousin, il suinte des colombes bissextiles échappées du ciel et de la mortelle vinasse. Or donc, depuis, poussière d'automne et vocable animiste se lamentent en pensant à l'astral vertugadin. Et c'est bien triste ! Autres choses : ceux qui connaissent les joies des voyages immobiles s'éviteront bien des frais en se bavant dessus, en pensées et d'îles en isthmes... Ou bien : qu'ils soulèvent donc de toutes nos forces deux poulets de Bresse, si possible avec l'aide d'un Geronimo mielleux et de ses souvenirs. Ah oui, à noter aussi que – connu comme le loup blanc du cardinal afghan – mon oncle, un fameux bricoleur, ne peut plus s'empêcher de relooker Isabelle Balkany et Kim Basinger… Et même votre progéniture à venir !

Les vertueux poussahs poussifs s'affichent au *Macumba*. Quel gâchis ! Car bien avant, comateux ou pas, ils auraient pu enseigner l'histoire millénaire du Tonkin aux pommes soyeuses. Quoi qu'il en soit, de fausses jumelles croyant encore aux contes de fées, revêtent là-bas leurs plus beaux atours... Elles attendent six petits ramoneurs qui – attention ! – ne voudront pas mourir avant d'avoir connu les fragrances délétères de la SNCF. Un peu plus loin, du côté de Cambridge, Lucifer Sam s'étant mis en colocation avec Syd-le-Barré(tt), la pluie surgie de nulle part dévore St-Thomas (avec dégoût). Et pourquoi donc ? Eh bien, parce que « La République c'est moââââââ – et pas lui, ni tous les autres ! » (Pour le début, *copyright* from J.-L. M.)

Sur le foulard d'Eddie Cochran, un homard visqueux (et ses gestes précis) compromet(tent) mon avenir et souille(nt) mes *chakras* de toute éternité... Surtout n'essayez pas de lécher de la neige sous les gyrophares bleus, cela prêterait à sourire et donnerait à penser ! Car oui, je l'avoue : j'ai bien souvent simulé avec Jacques Doriot et Johan Neeskens. Ceci dit, à ma décharge – hum, si j'ose dire… –, le premier n'était en fait qu'un volage cantonnier, qui enfantait des liasses de créatures étrangères à la race bovine germanopratine… Et c'est bien cela qui entraîna notre chute à tous – ici, ailleurs et à la Fête à Neu-Neu. Car Mr. Zeus de Rocancourt s'en est superbement sorti, lui : avant de prendre son bain à rebours, il en avait parlé à Laetitia Castafiore, à l'intello-qui-tue et à maintes vieilles charrues. Et donc, tout de même : comment diable voulez-vous que les beaux astéroïdes byzantins de la planète bariolée en réchappent aussi facilement – après une telle crise de goutte existentielle ?!?

Epilogue

*(En pensant – rétrospectivement et après-coup –
au boxeur rastaquouère, et à l'agence de la
Lloyd's Bank : celle de Cravans,
Charente-Maritime)*

La louve, le chapeau humain et le fracassé ; tous les mots qui me sautent à la gorge (comme la limaille sur l'aimant) ; le passant obscur ; les lunes et leur miel, le phasme et les poignardeurs ; un mur porteur sur le mille-feuille administratif ; une mer de sarcasmes et la vache en flammes ; mon oncle siamois incarné ; une tortue à tête de veau et le chat du

Cheshire (son sourire reste là, solitaire) ; un blitzkrieg doucereux & l'intolérance débonnaire ; Arthur H. et votre Didier Raoul(t) Volfoni ; ces brouillards sur la crinière du tabouret ridé ; un œuf à cheval qui va l'amble (les deux sont cuits) ; les belles portes qui claquent sur des mort reconnaissants ; le chant des vitriers ; le crépuscule tombant sur les os qui soupirent ; la fuite en avant (là où il n'y a plus de soleil) ; John Lydon beau, pourri et crucifié ; trois chabalas et sept roucoulettes à jamais éloignées du couteau ; le paradis des gauchères à la chevelure auburn ; vos émaildiamants et le torero ; quelques coccinelles poudreuses et mon âme qui stationne sur le trottoir ; les reflux gastriques de Joseph Darnand et de Francis Bout-del'An ; l'étoile divergente dans la maison hantée ; à Faya-Largeau, le passé et son œil au beurre noir ; le cheval impossible et la belette byzantine ; du fromage électrique dans l'Université aux erreurs ; la mer inférieure qui m'a vu venir avec Dieu en solo ; le masque du syllogisme étique ; une tragédie grecque qui tiendrait dans quatre dés à coudre ; l'esprit qui raye le ver et me fait coucher londonien puis réveiller asiatique ; tremper une biscotte abstraite dans le trou de son thé ;

la caverne profonde ; la grâce du gouvernail et celle du gouverneur ; une aube polonaise (Caryl Chessman y humait l'air et menait la parade) ; les griffes d'or de vos cils, et cette si particulière contre-finesse de la vanité ; des joutes verbales qui s'essuient sur le réel ; un pare-brise plus très loin maintenant ; le sataniste végétarien qui épluche son chien ; un facteur qui s'endort dans la Ford Mustang bleue ; la mouche altière ; un vampire passif fasciné par la « Merditude des Choses » ; le blé qui lève la tête et Napoléon qui baisse la sienne ; la confiture des crimes ; une couscoussière en béton ; la lune qui vous fait pen-

ser à un camembert électrique ; Charles Meryon et Amedy Coulibaly fuitant de partout ; l'idiot bien intentionné ; six cent grands yeux ouverts sur le néant ; les testicules du boulevard Magenta (elles reposent en paix) ; Thaïs d'Escufon mariée à Erika Zemmour ; le philosophe poissard et la tortue dévergondée ; un orchestre de choses ; une jupe pleine de paupières ; un ver de terre espagnol à la foire aux vieux ; le cadavre psychorigide ; un rhinocéros et quarante-deux gros âtres (mes frères en épaisseur) ; maints nerveux aspirateurs (eux-mêmes neveux d'une souris blanche) ; le techno-vagin et un clitoris liber-

taire ; un comptable hâtif mis au rebut sur trois éoliennes offshore *(l'une d'elles a appartenu au Dr. Petiot) ; les coquilles putrides, la Très Sainte Vierge, Dada et votre* clergyman *; un nuage marié au pantalon ; des chocolats profonds servis avec un toast féérique ; les vits et toute vie (la veule vulve les veut) ; les pouponnières et la locomotive mitraillée ; vos propos fumeux sur la corde à linge (A. Layne n'est pas dupe) ; la nuit à droite ; un chinois mutin avec ses vingt-deux presse-purées ; Simon le Magicien, Gigi la Folle plus Charlie le Surineur à l'ombre de la canaille bleue ; les biens paraphernaux de la femme qui habite*

un enfant ; une duplicité de tê-
tard ; l'Asiate Bernard Lacombe
mis à jour par le franchouillard
Lacombe Lucien (c'était écrit) ;
faire vite le pied de grue au pied
d'une grue ; des ombres pataudes
sous certaines plantes aiguisées ;
l'homme, la mort dans l'âme ; les
objets perdus ; les prunelles qui
versent dans le vide ; le soulage-
ment du peuple des étoiles et des
mannequins sanglants ; ce passé
qui mugit comme un bœuf mou ;
l'amour sur cet échafaudage ; un
embrasement d'escarbilles sur de
vieux édredons ; tous les combats
en chemise de nuit (SOS, Dieu
aboie, il faut qu'on lui ouvre !) ;
la bave éternelle et une pratique

assidue du saut à ski ; faire la na-
vette entre le ciel et les caniveaux
d'Oscar ; le parapluie énervé sur
la table d'opération ; le rouge si
significatif de l'oursin (il est ven-
du aux crevettes) ; les bizarroïdes
baisers de secours ; Tristan Hilar
prenant garde à son pardessus ;
votre vile obsession : une chatte
qui épouillerait son petit ; le papa
des papillons, celui qui parvient à
déchirer ses larmes ; la vallée des
légions pourpres (retournez-y) ;
le boucher roux qui nous épie ; la
bonne conscience de la cruauté ;
un dandy des tranchées au tourni-
quet de la renommée ; le chevau-
chement de mes rides ; laver du
chocolat noir et ingurgiter du lait

d'oiseaux ; le souvenir des chau-
dières ruinées (hélas certes, mais
hourrah !) ; la frêle majorette de
Broadway et son inquiet bâton de
cyanure ; le Christ en trottinette
et deux faux cumulonimbus (ils
excellent dans l'art du kung-fu) ;
l'ombre impatiente ; trois moines
gyrovagues dans le soupirail de
l'enfance ; la sobre table de nuit
ajourée ; l'erreur d'avoir été soi-
même (c'est-à-dire brimborion et
hochet) ; six mille vingt-trois ca-
téchumènes valétudinaires ; mon
ventre qui allume un salon (grâce
au football, ce billard des prai-
ries) ; les corps de papier peint ;
la dromomanie se redressant au
parvis de chacun ; les cornes des

étoiles ; un mystique complotiste vivant au crochet du néant ; le jovial misanthrope et sa moraline ; un petit vélo dans la tête du chien caillou ; l'éther irénique du Haut-Paternel ; le beau cratère triste ; la fille de l'évêque et de la TIPP flottante, (c'est une jolie esperluette aux tons irisés) ; la trop sûre d'elle courte échelle ; nos nez au crépuscule et votre cœur mercenaire ; le retour du grand transparent ; tous les « N'en jetez plus et allez-y donc voir si vous ne me croyez pas ! » ; des poules sur un point G libertarien ; la chevalerie des chiens ; la vérité et ses mensonges aux couleurs de soie ; une fée sucrée-salée ; les lessiveuses, *ivres du temps qui passe ; douze colocations à la va-comme-j'te-pousse ; la table tournante et les lavoirs à jamais obscurcis ; cette bergère d'Ivry, et celui qui a fait le coup dans la ruelle des Reculettes ; le reflet des quatre flaques d'eau, qui m'a fait tomber dans le ciel ; l'au-delà quelconque ; deux avaleurs de Lumière qui passent dans la boîte à Gand (par la cheminée) ; la nuit des yeux sans visage ; l'impasse de la peur, celle qui donne sur l'avenue mutique ; les lys du vestibule (qui font que je me baigne dans ma montre) ; le monde dans un baiser ; un squash fatal à Grenoble, avec le dernier des Trastamare ; la vie, eu et par*

égard pour ton contribuable éva-
nescent ; tout ça et rien à la fois
(sus au brigand de la pensée !) ;
P. Praud, l'idiot utile à la barbe
si bien taillée ; les tabourets de
corail ; vos bouches en ruine sous
de piètres vareuses ; le rideau de
la vie ; le soleil assombri, encore
chaud sur les mers autocrates ; le
cosmos granuleux veillé par trois
cadavres bien obéissants ; cette
table d'opération en titane ; l'eau
verrouillée sur la corde de Mi (la
grave) ; la place Blanche noire
de monde ; une bouche ouverte
telle un four (il en sort des noi-
settes) ; un bébé limonade sous le
balcon bas du front (les dents s'y
entrechoquent in l'avion 'hecto-

chrome') ; toutes ces voitures qui avancent par colonnades sous ma fenêtre ; le grand secours meurtrier ; les huîtres passagères dans leur réduit estrémègne ; la toute dernière levée ; le rythme chaloupé des soleils figés ; les paillettes du sphinx ; l'humble gâteau au sourire concave (un soupirail est son refuge) ; la tête ailleurs et un pied dans l'habitude ; le linge humain ; deux bunkers dans le taxi aux factures impayées (on y voit des mouches aux mentons fuyants) ; le loup aux dents de verre ; la prune, l'orange et la boîte d'allumettes (Arnold L. est au courant) ; les lettres mortes de faim ; un fin nazi bienveillant (il *traînasse dans les coulisses de la vie) ; sept demi-sourires afghans sous un beau trench-coat assassin (votre sœur est là, tout près de la véranda) ; l'apparence trompeuse de tous vos miroirs ; trois mathématiciens secoués par leurs gaz ; Carla Bruni et Gérard Labrunie, tous deux complètement étrangers à eux-mêmes ; l'ultime 'pas sage sous tes reins' ; ce subtil parfum de fleur d'oranger et d'amande amère (il flotte dans l'air) ; Sören Kierkegaard avachi dans sa baignoire à roulettes (des pâtes au lithium ornent ses tristes chevilles tordues) ; des souvenirs du futur, ptôses et volapük à la Père Ubu...*

Et un soldat de plomb qui coule

à pic dans le vague terrain vague, et tous les subtils rêves venteux, crucifiés ad nauseam...

Eh bien, tout cela n'est rien comparé à la beauté des mains tremblantes de l'alcoolique, et de la nécessité parvenue à ses fins. Dont acte ? Don't act !

*Partout et nulle part,
c'est-à-dire ici – mai 2022*

Mai 2022 - MiguelSydRuiz
www.miguelsydruiz.jimdo.com
www.bod.fr

Du même auteur

- « Paysages/Visages/Voyages : Un tour du monde en 100 photos »
(Ed. BoD - 2012/2021)

- « Un air de famille - 500 célébrités qui se ressemblent » (Ed. BoD - 2012)

- « Le Père-Lachaise, un cimetière bien vivant » (Ed. BoD - 2013)

- « Ils ont dit… » (Ed. BoD - 2013)

- « Aphorismes, paradoxes et autres billevesées » (Ed. BoD - 2014)

- « Sentences sans queue ni tête (La beauté du non-sens) »
(Ed. BoD - 2014)

- « Qui est qui ? - Dictionnaire de pseudonymes » (Ed. BoD 2014)

- « Dictionnaire de la guerre civile espagnole et de ses prémices
1930-1939 » (Ed. BoD - 2015)

- « Absurdomanies… » (Ed. Bookelis - 2015)

- « Les fins mots de la fin » (Ed. BoD - 2016)

- « Villages de France » (Ed. Bookelis - 2016)

- « Aphorismes, paradoxes et autres calembredaines » (Ed. Bookelis - 2017)

- « Last words, last words… out ! » (Ed. Bookelis - 2017)

131

- « Gargouilles et marmousets dans la sculpture médiévale »
(Ed. Bookelis - 2018)

- « Mon Paris insolite » (Ed. BoD - 2018)

- « Apprenez l'anglais entre faux-amis »   (Ed. BoD - 2019)

- « Une année de hasards exquis et de cadavres objectifs » (Ed. BoD - 2019)

- « Aphorismes, paradoxes et autres carabistouilles » (Ed. BoD - 2020)

- « Mon Paris insolite (et illustré) » (Ed. BoD - 2020)

- « Dictionnaire des rues de Paris »   (Ed. BoD - 2020)

- « Aphorismes, paradoxes et autres fariboles » (Ed. BoD - 2021)

- « Dark Syd of the Floyd (Les deux vies de Roger K. Barrett) »
(Ed. BoD - 2021)

- « Communes de France aux noms insolites »   (Ed. BoD - 2021)

- « Photomontages I »   (Ed. BoD - 2022)

Mai 2022 - MiguelSydRuiz

www.miguelsydruiz.jimdo.com

www.bod.fr

Mai 2022 - MiguelSydRuiz
www.miguelsydruiz.jimdo.com
www.bod.fr